KB209769

흔한 개미의
감성 투자 열전

흔한 개미의 감성 투자 열전

그림으로 풀어낸 유쾌 발랄 솔직한 투자 이야기

초 판 1쇄 2025년 02월 19일

지은이 이영현
펴낸이 류종렬

펴낸곳 미다스북스
본부장 임종익
편집장 이다경, 김가영
디자인 윤가희, 임인영
책임진행 김은진, 이예나, 김요섭, 안채원, 장민주

등록 2001년 3월 21일 제2001-000040호
주소 서울시 마포구 양화로 133 서교타워 711호
전화 02) 322-7802~3
팩스 02) 6007-1845
블로그 http://blog.naver.com/midasbooks
전자주소 midasbooks@hanmail.net
페이스북 https://www.facebook.com/midasbooks425
인스타그램 https://www.instagram.com/midasbooks

ISBN 979-11-7355-086-7   03810

값 18,000원

미다스북스는 다음세대에게 필요한 지혜와 교양을 생각합니다.

흔한 개미의
감성 투자 열전

그림으로 풀어낸
유쾌 발랄 솔직한
투자 이야기

이영현 지음

미다스북스

대한민국 보통의 개미를 응원하며

나는 초등교사이자 세 아이의 엄마이다. '세 아이'가 스펙으로 느껴지는 것이 근래의 우리나라 현실이지만, 그저 일하면서 세 아이를 양육하는 대한민국의 평범한 워킹맘이다. 월급날에 잠시 뿌듯했다가 그다음 날 사라진 월급에 현타가 오며 꾸역꾸역 겨우 출근하는 날도 있지만, 일과 사람에 기쁨과 보람을 느끼며 자존을 일으켜 세우는 근로소득 성실 납세자이다. (아, 세 아이니까 애국자 타이틀 추가!)

바쁘게 살기 때문에 주식 공부 모임 같은 것에 참여할 엄두도 내지 못한다. 그저 살고 있는 지역 시립 도서관의 투자 관련 서적들과 '손에 잡히는 경제', 인터넷 기사에 의존하여 세상과 투자에 대해 혼자 공부하고 판단한다. 간혹 주변의 주식쟁이들과 이야기를 나누면 숨통이 트이는 재미를 느끼며 팔랑귀를 팔랑대기도 한다.

여러 실전 투자서와 투자 철학서를 읽으며 일반 소액 투자자(이하 '개미'라고 통칭한다.)들의 삶을 그대로 담아낸 일상의 투자 이야기는 없다는 점이 너무나 아쉬웠다. 전문 투자자가 아니기 때문에 그 어떤 정보나 매매 기법을 사용하든 간에 개미들은 주식 호가창에 일희일비하며 하루를 살아낸다. 매수, 매도, 혹은 물타기를 하며 웃고 우는 그 순간들을 기록으로 남기고 싶어 시작한 문장을 책으로 엮었다.

수량(0.03주 보유 중인 것도 있다.), 금액, 매수, 매도 일자는 생략한다. 1% 49원의 수익을 얻고 판 주식도 있고, 150% 35만 원의 수익을 얻고 판 주식도 있다. (써놓고 보니 정말 말 그대로 '개미'라서 실소가 터진다.) 하지만 막무가내, 고군분투 투자에도 나름의 원칙은 있다.

첫 번째, 손절하지 않는다.

마이너스는 믿고 기다린다. 그래서 몇 년간 마이너스를 거듭하여 −94%에 이른 종목도 있다. 그 숫자를 분석해 보면 회복 불가인 것을 머리로는 알지만 그래도 포기하지 않는다. 기업에 대한 믿음이라기보다는 내 선택에 대한 항변이요, 10원도 손해 보기 싫은 짠순이, 옹고집도 울고 갈 고집에 이르렀다 말할 수 있겠다. (초창기에는 투자서에서 읽은 대로 2번 손절한 적이 있다. 2022년 이후로는 단 한 번 손절한 적이 있는데, 물타기 매수를 하려다 매도 버튼을 누르는 바람에 현재가 매도당한 적이 있다. 쯧쯧.)

두 번째, 첫 번째 원칙을 실천하기 위해 여유 자금만큼만 매수한다.

금융투자회사 전문가들의 말을 들어보면 수익률 상위권의 일반 투자자들은 한 종목을 집중 매수한다고 하는데, 진정한 개미들은 그럴 돈도 없고, 그러기엔 귀도 너무 얇다.

그리하여 개미를 못 벗어난 나의 투자 이야기, 대한민국 무수한 개미들의 이야기를 개미만큼 가볍게 털어내어 보고 싶었다. 길을 걸으며 지나치는 사람들, 일상에서 마주치는 내 이웃들의 이야기를 나누고 싶었다.

미안하지만 깊이 있는 지식은 전문 투자서를 참고하길 바란다. 투자 기술 관련 전문 지식이 주가의 향방을 정확히 예측하지 못할 수도 있다는 것이 일정 부분 사실이며, 특히 대한민국 주식은 예측의 영역을 넘어설 때가 많다는 것이 지난 몇 년간의 미국 주식 투자 결과와 비교하며 내린 결론이기 때문이다.

오늘도 주어진 일상을 부지런히 살고, 투자하며, 울고 웃는 대한민국 보통의 개미를 응원하며 나의 이야기, 어쩌면 우리의 이야기를 시작해 본다.

차 례

투자는 실전이다,
서학 개미

일상과 감성을 넘나드는 야수의 심장으로,
배당 개미와 불개미

일러두기

본문 내 그림은 사랑하는 세 딸 '가은, 은서, 서율'이 온갖 역경(주로 엄마의 잔소리) 속에서 정성껏 그려낸 창작물입니다.

따로 표기하지 않은 기업 관련 내용의 출처는 'NAVER 지식백과'입니다.

투자의
첫걸음을 떼다,
동학 개미

#동학개미

#국내종목

#국내주식

#투자초보

#투자입문

#일상투자

#투자아이디어

내 생애 첫 주식,
신풍제약

　2019년 11월, 코로나19가 발생했다. 2020년 세계의 모든 문이 닫히고 코로나 환자는 흰색 옷을 입은 사람에게 잡혀가서(꼭 이런 모양새였다.) 외진 시설에 격리되었다. 얼굴을 마주한 이야기는 폭력이 되었고 모든 만남은 온라인으로 대체되었다.

　갑자기 내던져진 온라인 교육 환경에서 교사 커뮤니티가 힘든 하루의 위안과 유일한 소통의 틈이 되었다. 얼굴 한 번 본 적 없는 누군가가 남긴 댓글, '저는 지금 대출 5천 땡겨, 신풍제약 주식 사러 갑니다.' 그 한마디를 보고 나도 따라 신풍제약 주식을 샀다.

　내 생애 첫 주식이었다.

흔한 개미의 감성 투자 열전

'특례상장'이라 특별할 줄 알았지,
알체라

　사람은 누구나 '특'별대우를 받으면 기분이 좋아진다.

　마트에 가서도 '특'대 사이즈라고 하면 눈길이 간다.

　'특'에 끌려 생애 처음 끙끙대며 유상증자 청약까지 하게 만든 알체라.

　메타버스의 바람을 타고 신고가 행진을 하다가 필요 이상으로 양심적인 회장님의 공고문 단 한 장으로 고무풍선 바람 빠지듯 날아가 버린 따상(공모가 대비 2배로 형성된 시초가)의 꿈이여!

　알체라 이후 '특'례상장된 기업을 경계한다.

특례상장

기술력이 우수한 기업에 대해 검증 기관을 통해 심사한 뒤 상장 기회를 주는 기술 특례상장, 주로 바이오 회사처럼 성장 잠재력이 큰 기업을 상장 심사하는 성장성 특례상장, 독창적인 사업 모델 등 시장 경쟁력을 인정받아 상장하는 사업 모델 특례상장이 있습니다. '알체라'는 신영증권의 추천으로 2020년 12월, 성장성 특례상장에 성공했습니다.

알체라는 AI 기반 얼굴 인식, 영상·이미지 분석 솔루션을 제공하는 기업

테슬라도 좋지만 흄슬라도 있다,
HMM

2021년 수에즈 운하에 배가 꼈단다.

오도 가도 못하고 단단히.

물류 대란이 우려된단다.

HMM이 희망봉을 우회한다는 기사에서 일명 '흄슬라'의
희망을 보고 매수하였다.

수에즈 운하 마비 사고

이집트 시간으로 2021년 3월 23일, 컨테이너선 에버 기븐 (Ever Given)이 수에즈 운하에서 좌초되는 사고가 발생했습니다. 지중해와 홍해를 연결하는 수에즈 운하는 아프리카 대륙을 우회하지 않고 곧바로 아시아와 유럽을 연결하는 세계 무역의 핵심 통로로, 하루 평균 51.5척의 선박이 이 운하를 통과하며 전 세계 교역량의 12%를 담당합니다. 이 사고로 인해 선박 통행이 무려 6일간 마비되었습니다.

미인의 필수품,
한국콜마

　30대 중반을 넘어가며 기초화장품을 듬뿍 발라야 할 것 같은 위기감으로 각종 화장품을 사들였다. 여러 브랜드, 여러 이름이었지만 결국은 제조사가 '한국콜마'로 대동단결이었다. 대한민국 사람이라면 '한국콜마'를 피해 갈 수 없겠다 싶어 매수하였다가, 두 달 만에 매도하였다. 아깝다. 계속 가지고 있을걸…. 비록 1주였지만….

한국콜마

한국콜마는 고객사의 개발을 의뢰받아 연구개발부터 생산까지 전 과정을 도맡아 위탁 생산하는 ODM(Original Development Manufacturing) 방식의 사업 모델을 대한민국 화장품 업계에서 최초로 시작한 회사입니다. 아모레퍼시픽, LG생활건강, 미샤, 더 페이스샵 등을 고객사로 두고 있으며 시중 제품의 20% 이상을 한국콜마가 만든다고 합니다.

대한민국과 운명 공동체라는 믿음으로, 삼성전자

대한민국에서 주식에 투자하는 사람이라면 누구나 가지고 싶거나, 가지고 있거나, 가졌었을 애증의 삼성전자. '삼전이 망하면 대한민국이 망한다.', '10만 전자, 가자!'를 외치며 개미의 대열에 합류했다. 결과는 당신 옆 사람에게 물어보시길….

2024년 11월, 5만 전자 붕괴를 목격함.
대한민국은 망하지 않아서 다행임.

40대의 초록 창,
NAVER

전 세계인과 MZ가 구글링한다 해도 우리에겐 네이버가 있다!

비대면의 코로나19 시절을 거쳐 메타버스 바람을 타고 상한가를 달렸다가 사뿐히 내려앉아 개미들의 가슴에 초록의 멍을 남겼다.

하지만 주식과는 별개로 '한글'이 있는 우리나라에서 꼭 지켜내야 하는 기업이라고 생각한다.

웨일 브라우저

네이버가 자체 개발한 웹 브라우저로 구글의 오픈소스를 기반으로 만들어졌습니다. 네이버 관련 서비스를 활용하기 편리하고 외국어 학습, 온라인 수업 등 교육용 기능을 제공합니다. 경남교육청의 온라인 교육 지원 시스템 '아이톡톡'도 웨일을 기반으로 운용되고 있습니다.

동전주의 결말,
이트론

'동전주'의 대표 주자였다가 2023년 횡령 혐의로 거래정지된 종목. 코로나 불장 시절 티끌 모아 태산으로 치킨 한 끼를 제공해 주었다.

이트론
2008년 한국거래소의 코스닥 시장에 상장한 IT 서비스 기업으로 2024년 3분기, 3년 중 최저 매출을 기록하고 있습니다.

흔한 개미의 감성 투자 열전

당신의 비타민에 투자하세요,
대웅, 대웅제약, 일동제약

　급속한 경제성장 시기, 대한민국의 간 건강을 지켜준 대웅제약, 복합적 비타민을 제공해 준 일동제약, 산업화의 역군이신 아버지들의 뒷모습과 함께해 준 그들을 기억하며 매수하였다.

　매도할 때 나의 정신 건강 증진에도 아주 작은 부분 기여하였다고 평할 수 있겠다.

대웅, 대웅제약
대웅제약은 대웅의 제약 부문 자회사입니다. 대웅의 주식은 헬스케어 전체 사업을 포함하고 있는 반면, 대웅제약은 제약 관련 사업만을 포함합니다.

일동제약

1930년대에 설립된 '삼양공사'에서 출발한 기업입니다. 이후 1940년대에 극동제약주식회사, 일동제약주식회사로 두 차례 상호명이 변경되었습니다. 활성비타민, 항생제, 위궤양 치료제 등의 주요 제품이 잘 알려져 있습니다.[1]

40대는 역시 비타민으로 버틴다.

---

1) 한국민족문화대백과사전, 한국학중앙연구원

비행기도, 주가도 날아올라라,
대한항공

　해외여행 좋아하는 대한민국에서 대한항공이 빠질 수가 없다.

　땅콩 회항 사건 이후 기업의 이미지가 별로 회복되지 않아 주식도 아직 저가인 듯했고 아시아나항공 인수 합병 이슈에 매수, 유상청약까지 참여하였다.

　이후 더욱 저가가 되어 날아오르지 못하고, 나의 계좌에 4년째 이륙 대기 중이다.

　2024년 11월, 드디어 유럽연합의 아시아나항공 인수 합병 최종 승인이 이루어졌다.

유상청약

유상청약은 기업이 자본을 모으기 위해 새로운 주식을 발행하고 이를 기존 주주나 일반 투자자에게 일정한 금액으로 매도하는 과정을 말합니다. 주주는 일정 수의 주식을 구매하는 권리를 가지며, 발행가에 할인율을 곱해 조금 더 할인된 가격으로 신주를 청약할 수 있습니다.

형아, 같이 가~

한국의 스페이스 X를 꿈꾸며,

한국항공우주

일론 씨가 화성 간다는데 우리도 질 수 없다,

대한민국의 우주 프로젝트 응원한다!

한국항공우주 Korea Aerospace Industries, Ltd.
약칭은 KAI(카이), 항공기, 우주선, 위성체, 발사체 및 부품에 대한 설계, 제조, 판매, 정비 등의 사업을 진행하고 있습니다. 한국 정부(방위사업청)와 계약을 통해 군용기 등을 연구개발, 생산하고 있어 방위산업 및 우주산업 관련 테마로 최근 많은 관심을 받고 있습니다.

흔한 개미의 감성 투자 열전

둘 중 하나라도 걸려라,
현대글로비스 vs 현대모비스

2020년, 현대자동차그룹은 제2대 정의선 회장 체제로 전환되었다. 정의선 회장이 계열사 중 현대글로비스 지분을 가장 많이 보유 중이란 소식에 매수하여 개미의 기쁨을 맛보며 매도하였다.

2023년, 현대차의 성장을 지켜보며 현대자동차그룹 지배구조의 핵심인 현대모비스를 매수하였으나 파란 물결 속에 풍덩 빠져 헤어 나올 수가 없다. 역시, 회장님이 많이 보유 중인 글로비스가 답이었나.

1) 현대글로비스 HYUNDAI Glovis Co. Ltd.

'한국로지텍'이 전신으로 2003년 사명을 글로비스㈜로 바꿨습니다. 글로비스는 '글로벌(global)'과 '비전(vision)'의 합성어로 오토에버닷컴이 갖고 있던 중고차 경매 사업을 인수하며 유통업에 진출했습니다. 2011년 자동차 해운 사업에 진출하고 '현대글로비스'로 상호를 변경하였습니다.

2) 현대모비스 HYUNDAI MOBIS

현대모비스의 전신은 1977년에 설립된 종합 기계 회사 현대정공입니다. 2000년 현대정공이 현대모비스로 사명을 바꾸면서 자동차 부품 전문 기업으로 변신했습니다.

고로는 꺼지지 않지만,
현대제철

대한민국 산업화의 심장, 꺼지지 않는 고로를 뜨겁게 응원하며 매수하였다.

2020년, 한 달 만에 수익을 보고 매도하였다.

이때부터 야수의 심장이 발동하여 2021년 다시 풀매수하였으나 그 이후 3년째 하락하여 −61% 수익률을 기록 중이다. 한 방울 두 방울 물타기로는 끄떡없는 평단가, '고로는 꺼지지 않는다!'를 외치며 맞선다.

사람은 이익을 통한 기쁨보다 손실로 인한 고통을 더 크게 느끼기 때문에 뻔히 보이는 잘못된 판단을 하기도 한다. 그래서 나는 오늘도 평범한 개미의 하루를 살고 있다.

매몰 비용

미국의 심리학자 리처드 탈러가 제시한 매몰 비용(sunk cost)이란 이미 지출해서 다시는 회수할 수 없는 비용을 말합니다. 매몰 비용 때문에 이미 실패한 또는 실패할 것으로 예상되는 일에 시간, 노력, 돈을 추가로 투자하는 것을 '매몰 비용의 오류'라고 합니다. 손실을 회피하고자 하는 인간의 본능과 깊은 연관이 있습니다.

주식이 아닌 기업을 샀습니다, 나의 최애
기아

나의 최애 종목.

코로나19로 처참하게 박살 난 주식시장에서 반짝반짝 빛
나던 종목.

자동차 제조 기업을 보유한 나라, 대한민국의 자랑.

시골살이로 세 자녀 픽업에 지쳐갈 때쯤 번개처럼 등장한
EV 시리즈는 남편을 전기차 예찬론자로 만들었다.

기아 KIA

1944년에 설립된 자전거 제조 업체 '경성정공'이 모태인 현대자동차그룹 소속의 완성차 제조 업체입니다. 1962년 당시 '딸딸이'라는 별명을 얻으며 다양한 용도로 쓰인 3륜 화물차 '기아마스타 K-360'을 생산하면서 자동차 전문 기업으로 주식시장에 상장했습니다. 2021년 '기아'로 사명을 변경하고 국내외 시장에서 RV 차종 및 전기차 등 친환경차 판매를 확대해 가고 있습니다.

2021년 로고 풀체인지

'즐' 아닙니다 ～

최애의 형님,
현대차

현대차그룹의 성장사는 대한민국 경제의 성장사와 같다고 할 수 있다. 현대차에 몸담은 사원들의 일생이 그를 증명한다. 나의 최애 '기아'의 형님이지만, 구색만 갖추어 보유 중이다. 최근 들어 배당이 그럴듯해서 넉넉한 인심으로 봐준다.

매일 쏟아지는 경제 관련 기사에 현대차는 빠지는 날이 없어 명실상부 대한민국 산업의 핵심이라는 소액 주주의 자부심을 품게 해준다.

현대차

1976년 한국 최초의 고유 모델 자동차 '포니'를 시판한 현대
자동차그룹의 모기업인 자동차 제조 업체입니다. 기아자동
차 · 현대모비스 · 현대위아 · 현대제철 · 현대하이스코 · 현
대비앤지스틸 · 현대글로비스 · 현대차증권㈜ 등 상장 법인
을 비롯하여 50개 이상의 계열회사가 있습니다.

세상이 변해도 농업은 필수,
Farm 관련주

미래에 상상 초월의 세계가 펼쳐진대도 어떤 형태로든 농업 없인 인류가 살아갈 수 없다. 시골에 살면 농업 관련 산업이 다양한 영역에 펼쳐져 있음을 조금은 실감할 수 있다. 팜(farm)을 넣어 검색한 회사를 대충 훑어보고 '팜스토리', '대한뉴팜' 두 개의 회사를 매수하였다. 다만 웅장한 농업의 중요성에 비해서는 두 달 만에 콩 반쪽도 안 되는 수익을 얻고 매도하였다. 2020년 주식을 시작한 지 두 달째, 뚝심도 딱 그만큼이었다. 4년이 흐른 지금 다시 보니, 그러길 다행이었다.

2024년 여름, 역대급 더위를 경험한 후 매수한 KODEX3대 농산물선물(H) 역시 파란불이 들어온 상태입니다. 이 ETF 는 시카고상품거래소(CBOT)에 상장된 옥수수 선물, 콩 선물, 밀 선물 가격에 연동됩니다.

AI 산업의 쌀,
한미반도체

팔랑귀에 팔랑대며 날아든 소문으로 매수하였다.

바야흐로 반도체의 시대, 손목시계에도 반도체가 들어가는 세상이 왔으니,

인공지능(AI)이 데려다줄 미래에는 어떨까?

안타깝게도 길게 내다보기보다는 수익을 실현했다. (꼭 이런다…)

반도체

반도체(半導體, semiconductor)란 전기가 잘 통하는 도체와 통하지 않는 부도체의 중간적인 성질을 나타내는 물질입니다. 반도체는 현대 과학기술 문명의 중심이 되는 전기 전자 산업에서 가장 핵심적인 요소이며 주로 실리콘(Si)이 반도체 물질로 사용되고 있습니다. 실리콘 산업 관련 회사가 모여 있는 미국 캘리포니아주의 새너제이 지역을 실리콘밸리(silicon valley)라고 부르는 이유이기도 합니다.

나 30년 전에 삐삐쳤다.

AI, 로봇, 양자 컴퓨팅 금방 온다!

배터리 아저씨 어디 계세요?
금양 그리고 POSCO홀딩스

나의 뼈아픈 주식 투자의 절정,

개미들의 경로를 그대로 따른 나도 그냥 개미,

뇌과학의 평범한 사례이다.

배터리 아저씨 붐으로 화산이 폭발하듯 연일 전고점을 뚫었

던 2차전지 관련주를 쳐다만 보다가 정말 끝물에 뛰어들었다.

두 주식 모두 −50%, 회복에 대한 기대는 없다.

두고두고 보며 반성하겠다.

포모증후군 FOMO syndrome

FOMO는 'Fear Of Missing Out'의 약어로, 유행에 뒤처지는 것 같아 두려움과 스트레스를 받는 상태를 말합니다. 주식이나 비트코인에 투자하여 벼락부자가 되었다는 이야기를 듣고 상대적 박탈감이나 불안감을 느끼는 경우입니다. 이런 불안감에 패닉바잉을 불러일으켰던 2023년 2차전지 관련주가 대표적인 사례입니다.

내일은 못 사요. 빨리빨리 사가세요.
내일은 못 사요. 다 떨어집니다~

매운맛 정치 테마주,
동양

대선 테마에 이끌려 매수.

도시 재생 사업을 언급하며 한때 상한가를 거듭하기도 했었는데, 정확히 그 지점에 샀었나 보다. 이후 동전주 대열에 합류하며 네이버 검색 결과에서도 기업 관련 내용을 찾기 힘든 2024년의 초겨울. −60%라는 숫자는 2022년 대선 이후, 정치 이슈를 논하는 우리들의 일상 속 현실이 되어 있다.

이젠 물타기도 지겹다.

> 2024년 12월 대통령 탄핵소추안 국회 본회의에서 가결됨.

전쟁 없는 세상을 꿈꾸며,
삼부토건

    대선 이슈로 국내가 시끄러울 때 매수하여 우크라이나 전
쟁 이후 재건 이슈로 떠들썩할 즈음 매도하였다.

    나의 작은 수익에 치른 평화의 대가가 크다.

    교실 안의 평화가 세상의 구석에 이르길….

전쟁이 없는 세상을 꿈꾸며 『평화 사전(변준희, 가치창조, 2024)』을 추천합니다. 갈등, 공감, 대화, 화해, 폭력, 분단, 통일, 전쟁, 안보, 생태, 민주주의, 정의, 자유, 인권, 분노, 용서, 통합, 협력 등 18가지 인문학 개념으로 '평화'에 대해 살펴볼 수 있습니다. 더욱 상세한 내용은 블로그(아래 QR코드)에도 전문 수록하였습니다.

한여름 밤의 꿈 초전도체, 휴비스 & 모비스

휴비스

초전도체 기대감이 주식시장을 휩쓸었다. 일명 테마주. 초전도체의 대장주로 알려졌던 휴비스의 불기둥에 개미의 심장만큼 적은 수량이지만 마음만은 웅장하게 올라탔다. 하루 만에 상한가를 맛보고 미련 없이 내려왔다. 개별 종목을 거래하는 재미가 이런 것에 있지만 개미의 심성에 적합하지 않아 건강에 해롭다. 운이 좋았을 뿐, 테마주의 끝은 좋았던 적이 없다.

모비스

테마주도 한 번이면 족하다. 두 번 재미보려다 개미 전문 용어로 '쪽박 차고 있다.'

초전도체

금, 은, 구리같이 전기가 잘 통하는 물질을 도체, 어떤 특정한 조건에서 전기가 통하는 물질을 반도체, 종이나 유리처럼 전기가 통하지 않는 물질을 부도체라고 합니다. 전기저항이 0으로 전기가 매우 잘 통하는 물질이 초전도체입니다.

지역 경제를 응원합니다,
한화오션

오랫동안 주인 없던 '대우조선해양'이 드디어 새 주인을 찾았고 '한화오션'으로 사명을 바꿨다. 회사의 로고도 바뀌면서 지나가다 바라보는 사업장의 색상도 확 바뀌었다. 지역 사랑 나라 사랑, 산뜻한 내 고장의 모습에 희망을 느끼며 매수하였다. 지나가는 개도 현금을 물고 다녔다는 조선 산업의 전성기가 다시 오지 않을지라도, 왠지 더 탄탄할 것 같은 대기업의 기운이 느껴지는 회사명이 좋다. 2024년 트럼프 미국 대통령 당선인이 애정 고백하는 바람에 따뜻한 내 고향 남쪽 나라가 되었다.

너무 앞서간 개미의 안목,
2차전지 ETF

아이가 있는 집을 방문하는 손님은 과자 종합 선물 상자를 들고 오던 80년대의 추억이 있다.

ETF는 종합 선물 상자와 같다고 할 수 있겠다.

간혹 아이들이 좋아하지 않는 상품도 끼어 있었지만 '과자'라는 대통합의 주제 아래 행복을 주는 상자였다.

2021년 처음 사본 2차전지 ETF, 시대를 앞서간 나의 선택이었으나

인내심 부족한 개미의 조급함으로 큰 재미는 못 보고 일찍 팔았다.

투자는 실전이다,
서학 개미

비대면 세상과의 대면,
엔비디아 NVDA

코로나19가 창궐했다.

원래부터 그랬던 듯, 비대면 만남이 일상화되었다.

직장에서 줌(ZOOM) 활용을 위해 데스크톱 그래픽카드를 업그레이드해주었다.

업그레이드된 그래픽카드 제조사가 엔비디아였다.

'우리나라에 있는 데스크톱이 몇 대나 될까?'

2020년, 엔비디아 주식을 샀다.

흔한 개미의 감성 투자 열전

화성 가즈아!
테슬라 TSLA

전기차가 대세인 듯하고, 범접 불가의 창의력을 뿜내는 일론 씨가 내 스타일.

'스페이스 X, 화성 가즈아~.'에 반해 매수하였다.

테슬라
물리학자이자 전기공학자인 니콜라 테슬라의 이름에서 유래한 사명을 가진 미국의 전기 자동차 회사입니다.

일론 머스크
'테슬라'라는 사명보다 CEO '일론 머스크'가 뉴스 기사에 등장하는 일이 더 잦을 정도로 유명합니다. 현재 우주 항공 기업 '스페이스 X'의 CEO이기도 합니다. 일론 머스크는 온라인 결제 전문 스타트업이었던 페이팔의 공동 창업자로, 페이팔을 매각한 자금으로 '스페이스 X'와 '테슬라'를 창업했습니다. 페이팔의 결제 시스템과 관련한 디지털 화폐, 컴퓨터 공학에 대한 깊은 경험 덕분에 비트코인의 창시자 '사토시 나카모토'라는 설이 있을 정도로 화려한 경력을 자랑합니다.

얘들아, 게임이 그렇게 재밌니?
로블록스 RBLX

디지털 원주민이라는 초등학생들이 로블록스에서 게임을 하며 친구와 대화하고 새로운 친구도 만났다. 소위 현질(게임머니를 결제하는 것)도 소소하게 자주 한다. 이제 막 스마트폰을 갖게 된 초등 6학년 책순이 큰딸도 로블록스가 재밌다고 좋아하길래 로블록스 주식을 샀다. 2021년이었다.

메타버스 바람을 타고 주가도 날아올랐다가 흔적도 없이 사라진 '메타버스'라는 말처럼 빨간색이던 수익률도 사라져버렸다.

로블록스 Roblox

로블록스는 글로벌 게임 제작 및 유통 플랫폼으로, 2021년 4월 기준 2억 명이 넘는 MAU(월간 활성 이용자 수)를 보유하고 있습니다. 게임 개발자들에게 복잡한 코딩 없이 상대적으로 손쉽게 게임 제작이 가능한 로블록스 스튜디오라는 툴을 제공함으로써, 간단한 캐주얼 게임부터 RPG까지 5천만 개가 넘는 다양한 게임을 지속해서 공급할 수 있습니다. 게임 이용자들은 게임 내 통용되는 가상 화폐인 로벅스(Robux)를 구매하여 게임을 즐기거나 아이템 구매에 사용할 수 있습니다.[2]

---

2) ministock

구글 없이 살 수 있나요?
알파벳 A (구글) GOOGL

 스마트폰이 내 손에 들어온 이후, 나의 모든 정보는 구글로 흡수되었다.

 이미 2017년 구글 지도로 의식주 모든 것을 해결했던 우리 가족의 유럽 여행, 세 딸이 성장한 후에도 살아남을 수 있는 기업이 구글이라 생각했다.

 2021년에 매수, 2022년에 20 대 1로 액면분할하여 주가는 제쳐두고, 보유 주식 수가 늘어나는 마법으로 개미의 마음을 무척이나 설레게 하였다.

액면분할 stock split

하나의 주식을 여러 개로 쪼개어 주식 수를 늘리고, 주당 가격을 낮추는 것입니다. 예를 들어, 1주당 액면가가 1만 원인 주식을 10개로 쪼개면 1주당 액면가는 1천 원이 되고 주식 수는 10배로 증가합니다.

1주당 가격이 너무 비싸면 주가에 대한 부담으로 매매 거래가 자주 일어나지 않게 됩니다. 이럴 경우 액면분할을 하면 낮아진 액면가 덕분에 거래 부담이 줄어들고, 늘어난 주식의 수만큼 투자 자금을 끌어들일 수 있습니다. 따라서 이러한 액면분할은 주가에 호재로 작용하는 경우가 많습니다.

사실은 구글보다 더 필수품,
마이크로소프트 MSFT

아이들이 좋아하는 게임 '마인크래프트'의 모회사.

스마트폰의 전성기와 함께 다양한 프로그램의 등장으로 요새 누가 파워포인트 쓰냐며 잊혀 가는 듯하다가 AI 시대를 맞아 화려하게 부활했다. 챗GPT 개발사인 오픈AI에 투자한 것이 신의 한 수였다.

2022년 마이크로소프트의 '인터넷 익스플로러' 지원이 종료되어 보안을 위해 '엣지'로 바꿔라 어쩌라 하는 동안 그래도 '윈도우' 없이는 살 수 없겠다는 생각에 소수점으로 티끌 매수해 두었다. 아깝다, 더 사놓을걸.

마이크로소프트

1인용 컴퓨터의 운영체제인 DOS와 윈도우를 개발한 회사로 잘 알려져 있습니다. PC 제조 업체에 운영체제인 '윈도우'와 함께 웹 브라우저 '익스플로러'를 묶어서 팔다가 반독점법 위반으로 고소되기도 했습니다. 최근 급성장한 엔비디아에 시가총액 순위가 밀리는 등 마이크로소프트의 독점적인 지배권도 약화되고 있지만 우리가 사용하는 스마트폰 운영 체계도 여전히 마이크로소프트의 기술을 기반으로 하고 있습니다. 소프트웨어뿐 아니라 하드웨어, 클라우드, AI 등 사업 영역을 다양하게 확장하고 있어 경기 변동에도 수익성은 안정적이며 배당도 성장 중입니다.

마이크로소프트 익스플로러

마이크로소프트에서 개발한 웹 브라우저로 1995년에 첫 출시되었으며, 2022년 6월 15일에 지원이 종료되었습니다. 이후 마이크로소프트는 '엣지'라는 새로운 브라우저로의 전환을 권장하고 있습니다.

흔한 개미의 감성 투자 열전

양자 컴퓨터가 미래다,
아이온큐 IONQ

평소 과학 관련 인터넷 신문 기사를 즐겨보는 편이다. 양자 컴퓨터가 상용화될 수 있다는 신기한 소식을 읽고 관련 기업을 검색, 서학 개미들의 입소문에 이끌려 매수하였다.

글자로는 아는 것 같지만 설명을 해보라면 정확히 모르는 양자 컴퓨터의 작동 원리만큼이나 오리무중에 빠져 헤매던 주가는 2024년 4분기, 드디어 회복세에 올라섰다.

아이온큐 IONQ

2015년 설립된 미국의 양자 컴퓨터 스타트업입니다. 양자 컴퓨터 분야의 세계적 석학인 김정상 듀크대 교수와 크리스 먼로 메릴랜드대 교수가 힘을 합쳐 양자 컴퓨터를 연구실 밖의 시장에 내놓는다는 목표를 세우고 아이온큐를 설립했습니다. 2022년 양자 컴퓨터 전문 기업으로는 세계 최초로 상장에 성공했습니다.

아이온큐는 극저온에서만 가동이 가능한 기존 양자 컴퓨터와 달리 상온에서 작동하는 양자 컴퓨터를 개발해서 큰 주목을 받았습니다. 이는 커다란 냉각 장비가 필요 없어 소형화가 가능하므로 그 의미가 더욱 뜻깊습니다.[3]

---

3) 한경 경제용어사전

양자 컴퓨터

미시 세계의 물리법칙인 양자역학의 원리를 활용해 정보를 처리하는 미래형 컴퓨터로, 0이나 1 둘 중 하나로 데이터를 연산하는 기존 디지털컴퓨터와는 달리 양자역학의 중첩 상태를 활용해 0과 1 두 상태를 동시에 처리할 수 있습니다. 즉, 양자 컴퓨터는 0 또는 1의 값만 갖는 비트(Bit) 대신 0과 1이 양자물리학적으로 중첩된 상태인 큐비트(Quantum bit)를 기본 단위로 합니다. 이 같은 특성 때문에 양자 컴퓨터는 기존 컴퓨터보다 월등한 계산 속도와 연산 처리 능력을 갖추는데, 이는 기존 컴퓨터 중 가장 뛰어난 성능을 보이는 슈퍼컴퓨터보다 1,000배 이상 빠른 연산이 가능해 AI, 의료 · 제약, 암호통신 등 다양한 분야에 활용될 수 있습니다.[4]

---

4) 네이버 시사상식사전, pmg 지식엔진연구소

흔한 개미의 감성 투자 열전

시골러에겐 지상파,
넷플릭스 NFLX

　　대한민국 남부 바닷가 시골에 사는 우리 집에서는 일명 지상파와 종편은 나오지 않고 넷플릭스와 유튜브만 시청한다. 전 세계 유료 시청 가입 인구가 2억 명이 훌쩍 넘어선다는 놀라움에 티끌 매수하였다.

넷플릭스

1997년 우편 DVD 대여 서비스로 시작하여 스트리밍 서비스를 넘어 현재는 다양한 자체 콘텐츠를 제작 배포하는 형태로 사업 모델이 진화했습니다. 2024년 6월 기준 유료 회원이 2억 7000만 명을 넘어섰습니다.

세 딸의 세 가지 취향,

애플 AAPL & 비자 V & 월트 디즈니 DIS

세 자매의 선택.

첫째의 애플, 둘째의 비자, 셋째의 디즈니.

세 아이의 기질이나 식성만큼이나 다른 선택이었다.

수익률도 제각각인데, 셋째의 디즈니만 마이너스, 파란색
이다.

디즈니가 동심을 빼앗았다.

애플 AAPL

1976년 스티브 잡스, 스티브 워즈니악, 론 웨인이 창업하여
맥북, 아이팟, 아이폰, 아이패드 등 전자 제품을 생산하는 세
계적인 회사입니다.

비자 V

전 세계 200개 이상의 국가에서 결제 서비스를 제공하며 이는 결제 시스템 중 가장 높은 점유율입니다. 핀테크 기업들과 협업하여 암호화폐 결제 시스템도 마련할 예정이라고 하니 사업의 확장이 기대됩니다.

월트 디즈니 DIS

애니메이션 영화만 제작하는 기업이 아니라 글로벌 엔터테인먼트 기업으로 성장하여 영화, 텔레비전, 스트리밍 콘텐츠 제작과 캐릭터 및 상표의 특허까지 사업 영역이 다양합니다. 2025년 1월, 스포츠 특화 콘텐츠를 제작하는 온라인 스트리밍 업체 '푸보TV'를 합병해 스트리밍 시장에서 구글의 유튜브 TV에 대항할 새로운 강자가 탄생할 것이란 희망을 품게 합니다.

달 따러 가자,
인튜이티브 머신스 Intuitive Machines LUNR

민간 기업 최초로 달 탐사선이 착륙에 성공했다. 대단한 일이었지만 화려한 행사 후에 남겨진 풍선처럼 주가도 반토막으로 바람이 빠져버렸다. 인간은 우주를 포기하지 않을 것이므로 파란불의 너도 포기하지 않는다.

꿈과 현실은 멀지만, 그렇기에 더 열심히 꿈을 꾼다.

인튜이티브 머신스 LUNR

2024년 민간 업체 최초로 무인 탐사선 '오디세우스'를 달에 착륙시키는 데 성공했습니다. 달에 우주정거장을 건설하고 유인 탐사의 시작을 목표로 하는 NASA 주관 '아르테미스 프로젝트'에서 어느 정도의 역할을 해낼 것인지를 지켜볼 만한 기업입니다.

인플루언서는 못 되어도,
메타 플랫폼스 META

페이스북으로 시작한 메타는 2021년 최고의 실적과 주가를 기록한 이후 2022년, 고점 대비 70% 하락의 고난을 겪었다. 이용자 수 감소와 청소년에게 미치는 SNS의 악영향 이슈 등 페이스북의 위기 속에 이름을 '메타 플랫폼스'로 바꾸며 변화와 혁신을 외쳤다. 기업의 CEO가 매우 중요함을 저커버그와 같은 미국의 수많은 CEO를 보며 실감한다. 우리나라의 교육이 나아갈 바를 고민하는 교사로서 부러운 부분이다.

다만 나는 메타가 수난을 겪던 2021년, '아무리 그래도 젊은이들이 목숨 거는 페이스북과 인스타그램이 망할 리가?' 하며 소수점 매수하였다.

메타 플랫폼스 META

페이스북, 인스타그램, 왓츠앱 등의 인기 소셜미디어 플랫폼을 운영하는 미국의 기술 기업입니다. 2021년 회사 이름을 '페이스북'에서 '메타'로 변경하며 메타버스에 대한 비전을 강조했습니다. 현재 메타는 VR(가상 현실)과 AR(증강 현실) 기술의 개발과 관련된 제품에도 집중하고 있습니다. 'IT 조선'의 조사에 따르면 2024년 7월 국내에서 가장 많이 사용되는 앱이 '인스타그램'이었다고 합니다.

시작은 미약하였으나
그 끝은 창대한 기업의 역사,
아마존닷컴 AMZN

제프 베이조스의 창업 간판에 감명받아 소수점 매수하였다. 베이조스의 성장과 창업 과정은 더욱 감명 깊었다. 세상은 넓고 위대한 기업가는 많다! 어린이들의 필수 코스 위인 전집에 앞으로 추가될 인물은 대부분 기업인일 것. 미래의 발전을 이끌어갈 '창의적인 인재 양성'은 교사 임용고시의 필수 암기 사항이 아니라 진정 갈급한 우리의 현실이다. 그 창의의 바탕에 베이조스와 같은 끈기가 있음을 또한 놓치지 말기를 바란다.

아마존닷컴 AMZN

인터넷 서점으로 사업을 시작하여 현재 미국 온라인 쇼핑몰 매출 1위를 차지하고 있습니다. 전자상거래, 오프라인 매장 운영, 제3자 판매 수수료, 광고 사업뿐 아니라 AWS(아마존 웹서비스)는 세계에서 가장 큰 클라우드 서비스로 Azure와 google cloud를 제치고 2023년 2분기 32%의 점유율을 기록하고 있습니다. 2024년 12월, 아마존이 자체 개발한 맞춤형 AI 칩을 애플이 사용한다는 소식에 주가는 역대 최고치를 경신했습니다.

너무 앞서간 개미의 안목 2,
리사이클 홀딩스 LI-CYCLE HOLDINGS CORP LICY

    캐나다에 본사를 둔 리튬 이온 배터리 리소스 재활용 회사로 LG전자와 LG에너지솔루션이 투자했다. 전기차가 상용화되면 배터리 재활용이 같이 이뤄질 거라 생각해서 매수하였다. 2021년, 역사적 고점이었다. 이후 무서운 내리막길로 0.5달러까지 내려와 상장폐지 위기에 처했다가 다행히 아직은 버티고 있다. 역시 해외 주식은 아무나 하는 게 아니다.

무지한 개미의 전설,
코어 사이언티픽 Core Scientific CORZ

암호화폐 채굴 업체. 2022년 10월 딱 한 개 매수한 이 녀석은 그해 12월 암호화폐 가격의 폭락과 에너지 가격 상승으로 파산 보호를 신청하고, 2023년 상장폐지, 2024년 재상장을 거친 그야말로 아침 드라마 같은 전개를 보여준 종목이다. 재상장하며 CORZW(코어 사이어티픽 콜 워런트) 3주와 CORZZ 2주를 지급받았는데, 무엇인지 한참 검색해 봐야 했던 무지한 개미의 전설이다.

워런트 주식

특정 주식을 미리 정한 가격에 사거나 팔 수 있는 권리 증서로, 살 수 있는 상품은 '콜워런트', 팔 수 있는 상품은 '풋워런트'입니다. 주식 워런트는 '주식의 미래 가치'를 미리 사고파는 거래라고 할 수 있으며, 일반 주식 투자에 비해 '고위험 고수익'이라는 특징을 갖습니다.

반도체 기업이 삼성만 있는 건 아닙니다만,
마이크론 테크놀로지 MU

　반도체 D램 부문에서 삼성, SK하이닉스와 함께 세계 3대
반도체 기업.

　거의 우리나라의 삼성이라고 할 수 있겠는데, 미국의 자
국 산업 보호 정책을 보아하니 망하지는 않을 것 같아 매수
하였다.

　2024 하반기, 삼성이 망하지는 않았으나 4만 전자를 찍었
듯, 마이크론도 망하지는 않았으나 끝없는 하락의 길로 접
어들었다.

　'반도체 겨울론'을 우습게 봤으나 겨울이 오고 있었다.

필라델피아 반도체 지수 Semiconductor Sector Index

미국 동부의 필라델피아 증권거래소가 산정 발표하는 '반도체업종지수(SOX : Semiconductor Sector INDEX)'를 가리키는 말입니다. TSMC, 마이크론, 인텔, AMD, 퀄컴, 텍사스인스트루먼트, ASML, Lam, 어플라이드 머티어리얼즈 등 반도체 관련 기업 30여 개의 주가를 모아서 만든 지수입니다. 통계상 이 지수가 일반 시장보다 3개월 앞서 움직인다고 하여 투자의 지표로 판단하는 투자자들도 있습니다.

일론 씨의 비포 & 애프터,
노보 노디스크 ADR NVO

일론 머스크를 반쪽으로 만들어준 위고비. '위고비'를 만드는 노보 노디스크의 시가총액이 덴마크 국가 1년 총 GDP보다 크다니, 덴마크는 복 받은 나라인 듯하다. 인류는 수렵 채집에 최적화된 원시의 육체로 현대사회를 살아내고 있으니, 제약 산업의 미래가 인류에게 복을 내려주는 신의 선물이기를….

오늘이 제일 싸다는 신념과 120살까지 무병장수하겠다는 의지로 연일 상승 중인 노보 노디스크의 북유럽 눈썰매에 올라탔다.

하필 내리막길이었다.

ADR

미국 주식시장에 상장하려면 IPO(기업공개)를 통해 직접 상장하거나 일종의 우회 상장인 미국주식예탁증서(ADR)를 이용하는 방법이 있습니다. 이 방식은 기업이 해외 증권거래소에 상장할 때 원래 주식(원주)은 회사가 있는 나라의 금융기관에 보관하고, 해외 예탁 기관이 원주의 소유권을 인정하는 'DR(Depository Receipts)' 증서를 발행하는 것입니다. 이것을 주식처럼 똑같이 거래할 수 있습니다.

DR의 이름은 발행 시장에 따라 다른데, 미국 시장에서 발행하면 'ADR', 유럽 시장에서 발행하면 'EDR', 미국과 유럽 등 여러 시장에서 동시에 발행하는 경우 'GDR(GlobalDR)' 이라 부릅니다. 국내시장에서 발행한 한국주식예탁증서는 'KDR(KoreanDR)'입니다.[5]

---

5) KB증권 공식 블로그

96   흔한 개미의 감성 투자 열전

불로장생의 꿈,
일라이 릴리 LLY

    1876년에 설립되어 140년의 역사를 지닌 탄탄하고 거대한 미국의 제약 기업. 노보 노디스크에 위고비가 있다면 일라이 릴리에겐 '젭바운드'가 있다. 소수점으로 부지런히 매수하고 있지만 아직도 소수점을 못 벗어났다. 이미 너무 많이 상승한 주가였나. 부지런히 마이너스 계단을 밟아가고 있다.

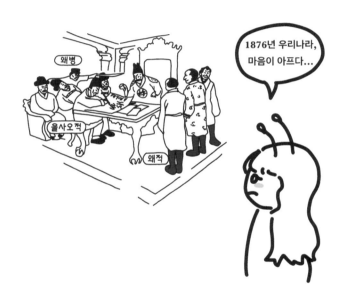

비만 치료제 3대장,
바이킹 테라퓨틱스 VKTX

　　노보 노디스크, 일라이 릴리에 이어 주사형이 아닌 먹는 비만 치료제를 개발 중인 유망한 기업이라 해서 '바이킹 테라퓨틱스'까지 바구니에 담았다. 다행히 '바이킹 테라퓨틱스'의 경구용 비만 치료제 임상 결과가 긍정적으로 나오고 있다. 다만 이미 많이 상승한 상태에서 매수했더니 파란불과 빨간불을 오락가락하며 나의 마음을 들었다 놨다 하는 중이다. 겨우 몇 개 가지고 있으면서….

비만약 시장

골드만삭스에 따르면 비만약 시장은 2030년까지 130조 원 규모로 성장할 전망이라고 합니다. 이는 항암제 시장 규모와 맞먹는 크기이며 현재 '위고비'와 '젭바운드'가 선점한 비만약 시장은 효과와 사용 편의성을 강화한 후속 약물들의 개발로 더욱 확대될 것으로 전망됩니다.

여성 CEO 리사 수,
어드밴스드 마이크로 디바이시스 AMD

'젠슨 황' 엔비디아 CEO와 사촌이라는 '리사 수' AMD
CEO가 위인전집에 추가될 만한 여성이라는 존경심에 매수
하였다. 물론 나의 월급은 작고도 소중하여 그 존경심을 다
담아내지 못하고 소수점으로 표현할 수밖에 없었지만….

---

6) 나무위키 발췌

AMD

마이크로프로세서(CPU), 메인보드 칩셋 및 그래픽처리장치(GPU) 등을 생산하는 반도체 기업입니다. 마이크로프로세서 부문에서는 인텔과, GPU 부문에서는 엔비디아와 경쟁하고 있는데 세계에서 유일하게 고성능 CPU와 GPU 기술 두 가지 모두를 보유한 기업이기도 합니다.

리사 쯔펑 수 Lisa Tzwu-Fang Su

1969년 대만의 타이난시에서 출생했으며, 3살 때 부모를 따라 미국으로 이민했습니다. 그녀의 아버지는 식사 시간에 딸에게 퀴즈를 내고 풀이하는 방식으로 자연스레 수학을 접하게 했다고 합니다. 리사 수는 어릴 때부터 원격 자동차 장난감을 수리하여 다시 작동하는 등 공학에 관한 관심을 이어가다 1986년에 매사추세츠공과대학교에 입학했습니다. 이후 MIT 반도체 연구소에서 실리콘 웨이퍼를 제작하는 과제를 맡았는데 이것이 반도체와의 인연을 쌓게 되는 결정적인 계기가 되었습니다. 그녀는 반도체와 사랑에 빠진 것에 대해 "반도체는 무언가 매우 작으면서, 정교한 소자를 만드는 것인 동시에 스스로 해낼 수 있는 것이었기 때문이었다." 라고 언급했습니다.[6]

반도체도 장비가 중요하지,
어플라이드 머티어리얼즈 AMAT

매출액 기준 세계 최대의 반도체 장비 기업.

최근 네덜란드의 ASML이 더 자주 언급되기도 하지만 반도체 호황에 맞물려 주가도 호황을 누리고 있다. 물론 나는 호화롭지 않은 소수점 개미 주주이다.

반도체 장비
시장 점유율

단위: %

18.6
18.1
15.0
13.4

- ■ 미국 AMAT (1위)　　18.6%
- ■ 네덜란드 ASML (2위)　18.1%
- ■ 미국 램리서치 (3위)　15.0%
- ■ 일본 도쿄일렉트론 (4위)　13.4%

자료=가트너

글로벌 4대 반도체 장비 업체
한국 투자 현황

기업	내용
AMAT	메모리반도체 장비 R&D센터 신설
ASML	노광장비 재제조센터 신설
램리서치	반도체 제조 장비 R&D센터 신설
도쿄일렉트론(TEL)	반도체 제조 장비 R&D센터 증설

자료=산업통상자원부

컴퓨터의 역사,
IBM

커다란 모니터의 우람한 데스크톱 컴퓨터의 시대를 살아온 세대들은 한쪽 귀퉁이에 붙어 있던 IBM 스티커를 누구나 한 번쯤은 보았을 것이다. 컴퓨터 시장의 역사인 IBM이 컴퓨터를 버렸다길래, 그 정도 각오면 이 기업은 뭘 해도 살아남지 않을까 싶어 소수점 매수하였다. 한 가지 더, 양자 컴퓨터 관련 연구도 하고 있다고 하니 기업의 역사를 믿어본다.

IBM

1911년 설립되어 컴퓨터 시장의 살아 있는 역사 같은 기업입니다. 기업의 로고가 파란색이며 직원들이 파란색 정장을 입는다고 하여 '빅 블루'라고 불리기도 했습니다. PC 등 경쟁력이 없는 사업 부문을 매각하며 혁신에 성공했다는 평가를 받았고 현재는 클라우드 컴퓨팅, AI, 데이터 분석, IoT 등이 주 사업 부문입니다. 3%대의 배당으로 기술 기업 중 배당수익률도 높은 편입니다.

아직은 석유 없이 살 수 없으니,
오빈티브 OVV

    친환경 성장, 전기차가 차세대 먹거리라고 하지만 현재를 살아가는 우리에게 당장 필요한 건 석유가 아니겠는가. 세계 최대의 석유 생산 기업 엑손모빌은 흔해서(비싸서) 오빈티브로 매수하였다.

로봇 청소기의 유혹,
글로벌엑스 로봇공학 & AI ETF BOTZ

로봇 청소기를 들였다, 신세계다!

너무나 똑똑하여 '로똘이'라는 이름도 붙여주었다.

로봇과 AI에 투자하고 싶지만, 관련 기업을 다 알아내기는 힘들었다.

어느 한 나라의 특정 기업에 투자하는 것도 왠지 위험해 보여 글로벌엑스 로봇공학&AI ETF(BOTZ)를 매수하였다.

사고 보니 결국 엔비디아 비중이 가장 크고, 운용 보수(연 0.68%)도 높아 수익률로 치면 별로인 결정이었다.

글로벌엑스 로봇공학 & AI ETF (BOTZ)

미국, 일본, 스위스, 독일 등 주요 선진국의 산업 및 민간용 로봇, 자동화, 자율주행차, 드론 및 인공지능 관련 기업 30여 개에 투자하고 있습니다. (엔비디아, 인튜이티브 서지컬, ABB, 키엔스, 화낙, 유아이패스, 다이나트레이스, SMC, 야스카와전기, 다이후쿠 등) 더하여 CES 2025에서 보여준 중국의 로봇과 AI 관련 기술에 어떠한 의미로든 주목할 필요가 있어 보입니다. 아니나 다를까, 2025년 1월 말 중국의 스타트업이 AI 모델 '딥시크 deepseek'를 선보여, 미국 빅테크 기업의 주가에 충격을 주었습니다.

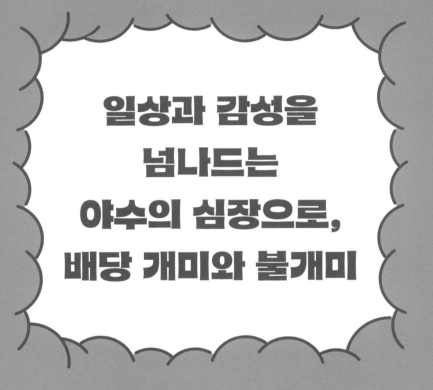

일상과 감성을
넘나드는
야수의 심장으로,
배당 개미와 불개미

#배당주

#해외ETF

#레버리지

#3배레버리지

#단타

#금현물

#비트코인

#이더리움

#리플

#디지털화폐

#팔랑귀

배당주의 기본,
맥쿼리인프라

코로나19로 찾아온 역사적인 제로금리 시절,

사람 마음 애태우는 주식 말고, 안정적인 배당금에 이끌려 매수했다.

그러나 유상증자할 때마다 출렁이며 파란불을 켜는 주가에 개미의 마음이 함께 출렁이고,

유상청약을 할 것인가 말 것인가 고민에 한 번 더 출렁이니

쇼펜하우어의 말처럼 인간이 태어난 것 자체가 고뇌의 시작이었다.

배당금 dividends

배당금 지급 주기는 일반적으로 분기별, 반기별, 연간 등 다양한 형태로 이루어집니다. 대부분의 미국 기업은 분기마다 배당금을 지급하는 경향이 있지만, 우리나라 기업은 거의 연간으로 지급합니다. 맥쿼리인프라는 6월과 12월을 기준으로 반기(6개월)마다 배당금을 지급하고 있습니다.

개미에겐 사탕값 배당도 감사, JEPI

'배당'이라는 주제에 심취했을 때 매수한 종목. 내가 원하는 현금 흐름을 만들기에는 seed money가 아주 많이 부족했다. 고배당에 집중하는 JEPI의 특성상 SPY, IVV, VOO보다 상승세가 지지부진하다가, 내릴 때는 또 같이 내려 개미의 심기를 불편하게 만들었다. 결국 지속적인 매수를 포기하고 소소한 수량으로 소소한 사탕값을 주는, 계획만 웅장했던 아픈 손가락이다.

JEPI

JEPI는 JPMorgan Equity Premium Income ETF의 약자로, 주식과 옵션을 통해 수익을 추구하는 상장지수펀드(ETF)입니다. S&P500 지수 상위 종목들 위주의 우량주가 대거 포진되어 있지만 기술주 쏠림 없이 다양한 산업군에 분산투자하고 있습니다.

액티브 ETF

펀드 투자 접근성을 높인 일반 ETF의 장점에 시장 수익률 대비 초과 수익을 달성하는 것을 목표로 하는 액티브(Active) 펀드의 특성을 결합한 상품입니다. 지수의 성과를 그대로 추종하는 기존의 ETF와 달리 지수 대비 초과 수익 실현을 목표로 종목, 매매 시점 등을 운용자의 재량으로 결정해 운용하는 ETF 상품입니다.

우리는 '노담',
알트리아그룹 MO

담배 회사인 필립모리스 USA의 모회사.

유명 연예인과 셀럽들의 파파라치 컷에서 '아이코스'가 뭔지 알게 되었고 인류가 존재하는 한 담배도 존재하겠다 싶어 매수하였다. 2024년 배당수익률(주당 배당금/주식 가격) 8.91%.

전화를 발명한 Bell,
AT&T (T)

배당 귀족주였다가 평범한 배당주가 되어버린 통신 관련 기업.

전화기를 발명한 Bell의 회사가 이 기업의 모태이지만 반복된 인수 합병에 따른 판단 실패로 주가는 곤두박질치고 배당도 삭감하기에 이르렀다가 2024년 주가가 회복되는 흐름세이다. 평범한 개미여서 평범한 배당주를 샀었으나 예상치 못했던 주가 상승까지 맞이하니, 매도 욕구가 샘솟는다.

AT&T American Telephone & Telegraph Co.

미국의 통신 회사이자 세계 최대의 통신 사업자로, 세계 최초로 전화기를 발명한 알렉산더 그레이엄 벨이 설립했던 Bell Telephone Company가 기업의 모태입니다. 주요 사업은 이동통신, 유선전화, 인터넷, 케이블/위성/IPTV 등이며, 2007년 세계 최초로 아이폰을 독점적으로 도입한 통신 사업자이기도 합니다.[7]

그래도 5%는 준단다~ 흥흥

7) ministock

한국인이 사랑한 배당주, 리얼티 인컴 O

한국인이 사랑하는 미국 배당주. 나도 사랑하고 싶어 매수하였다.

다른 기술주들이 고속 상승하는 동안 고금리 여파로 고전을 면치 못하는 바람에 마이너스 파란불이 들어왔지만, 그래도 매달 따박따박 과잣값(연 배당수익률 약 5.51%, 매년 상승 중)은 나오니 보유 중이다.

리얼티 인컴 Realty Income Corporation

국내 투자자들 사이에도 잘 알려진 대표적인 배당주로 매달 배당금(2025년 1월 현재, 배당수익률 5.93%)을 주는 리츠입니다.

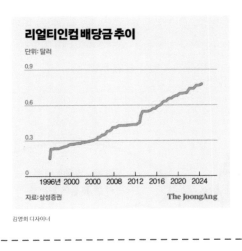

김영희 디자이너

리츠

쉽게 말해 부동산을 소유하고 운영하는 기업에 투자하는 것입니다. 부동산에 직접 투자하려면 비용이 많이 필요하며 사고팔기도 쉽지 않으니 리츠주를 매수하면 부동산에 간접 투자하는 셈입니다. 리츠 종목 역시 주식을 매수하는 것과 똑같은 방법으로 사고팔 수 있습니다. 리츠들은 대부분 부채비율이 높아 금리가 높은 시기에 수익성이 떨어지는 특성이 있으니 투자 전 주의가 필요합니다.

저기 저~ 빌딩에 내 돈도 먼지 한 톨 묻어 있는겨~

설명이 필요한가,
스타벅스 SBUX

한국인에게 스타벅스에 대한 설명이 필요할까? 그냥, '스벅'이라 매수하였다.

스타벅스
미국 시애틀에서 탄생한 스타벅스는 세계 최대의 커피 전문 체인으로 전 세계 3만 개 이상의 매장을 운영하고 있으며 2024년 3월 기준으로 국내 매장은 1,500개를 넘어섰습니다.

뇌동매매 雷同賣買
계획 없이 번개가 치듯(雷 번개 뇌) 충동적으로 매매하는 행위를 말합니다. 투자자 자신의 분석과 시세 예측 확신에 따른 것이 아니라 그저 남을 따라 하는 매매라고 할 수 있습니다. 정보 비대칭성, 손실 회피 편향, 군중심리, 과한 자신감 등 인간 심리의 취약성으로 인해 발생하며 장기 투자 최대의 적입니다.

투자 대가의 선택,
코카콜라 KO

    이진우 기자님(라디오 프로그램 '손에 잡히는 경제' 진행자)은 '코카콜라'만이 진정한 콜라라고 주장하시지만, 우리 식구는 펩시를 더 좋아한다. 펩시만 먹다 우연히 코카콜라를 마시면 한약 냄새가 나서 별로다. 약제사가 만들어낸 비밀 제조법 때문인가? 하여튼 주식의 대가 워런 버핏을 있게 해준 코카콜라여서 매수하였다.

    대표적인 배당주이기도 하지만 버핏은 1988년에 코카콜라 주식을 처음 사들였다고 하니 '주식은 쌀 때 사야 한다.'라는 이진우 기자님의 주장만은 언제나 옳다고 인정!

코카–콜라 Coca-Cola

세계 최대의 음료 회사로, 대표 제품인 '코카–콜라'는 코카(Coca) 나뭇잎과 콜라(Cola) 열매로 만들어졌습니다. 주주 친화적인 기업으로 알려져 있으며 1963년부터 매년 배당금을 지급해 59년 연속 배당금을 인상하여 2024년에는 순이익의 68.5%에 해당하는 19억 달러를 배당금으로 지급했습니다. 세계에서 가장 인지도 높은 브랜드 중 하나로, 브랜드 마케팅의 전설과 같은 기업입니다. 우리가 알고 있는 흰색 털이 달린 빨간색 외투를 입은 인자한 산타클로스는 매출이 감소하는 겨울철을 겨냥한 코카콜라의 광고에서 유래되었습니다.

도파민에 빠져든다,
단타 매매

당일 단타에 빠진 적이 있다.

대략 한 달, 12개의 종목, 최종 내역, −150,023원.

게임보다 더 짜릿하게 휘몰아치던 짧은 순간의 대가였다.

'부자 아빠 가난한 아빠'
기요사키 님의 추천,
금 현물

　자청의 『역행자』에 큰 감명을 받고, 『부자 아빠 가난한 아빠』 로버트 기요사키의 『페이크』를 읽었다. '가짜 뉴스와 정보 사이에서 진짜 돈과 자산을 지키기'엔 금이 필수라고 했다. 미국에 맞서는 중국이나 러시아의 금 보유율을 보니 그럴 것도 같았다. 골드바를 살 돈도 없고, 사서 둘 곳도 없어 금현물 계좌를 개설, 소심 개미답게 2g을 매수하였다. '수익률'은 금처럼 반짝반짝하다.

금 현물시장

주식처럼 금을 매매할 수 있는 금시장으로, 개인 투자자가
증권사에 일반 상품 계좌를 개설하여 이용할 수 있습니다.
거래 대상은 순도 99.99% 1kg의 금괴이며 한국조폐공사가
품질 인증합니다. 한국예탁결제원이 금괴 실물을 보관하였
다가 투자자가 금시장을 통해 금을 사면 1kg 단위로 금괴를
인출해 준다고 합니다. 인출 단위는 1kg이지만 매매 단위는
1g으로 낮춰 소액 투자자도 참여할 수 있도록 했습니다.

인생은 한 방, 쓰리고 삼총사
TQQQ에서 WEBL, SOXL까지

TQQQ 인생은 한 방, 쓰리고, 가자!

WEBL 받고 쓰리고2

SOXL 묻지 말고 쓰리고3

ProShares UltraPro QQQ ETF (TQQQ)
NASDAQ-100 지수의 성과를 3배 추종하는 레버리지 ETF
입니다.

Direxion Daily Dow Jones Internet Bull 3X Shares (WEBL)
미국 인터넷 기업 중 규모가 큰 기업들의 수익률 3배를 추종하는 레버리지 상품입니다.

Direxion Daily Semiconductor Bull 3X Shares (SOXL)

미국 필라델피아 반도체 지수를 3배 비례하여 추종합니다. 엔비디아, 브로드컴, AMD, 인텔, 텍사스 인스트루먼트 등의 종목으로 구성되어 있습니다.(2024년 11월 기준)

3배 레버리지를 단순화하자면, 지수가 2배 오를 경우 해당 ETF는 6배 오른다고 보면 됩니다. 고위험 고수익을 추구하는 투자자에게 적합하지만, 변동성이 매우 크므로 주의가 필요합니다.

미중 무역 갈등에 대처하는 개미의 자세,
TIGER 차이나 CSI 300 ETF

    2018년부터 시작된 미중 무역 갈등이 2020년쯤에 이르렀을 때, '세계의 공장' 중국의 승리를 예상하며 국내 상장 중국 CSI 300 ETF를 매수했다. 그러나 미국 자본의 힘이 너무 막강했나. 연일 파란색의 내리막길을 걷더니 2024년 10월 중국의 경기 부양책을 계기로 급반등에 성공, 빨간색의 오르막길로 들어섰다.

    그러나 언제나 그렇듯, 더 오를 것 같은 욕심에 매도 시점을 잡지 못하는 개미의 탐욕 지수 100!

공포탐욕지수 Fear & Greed Index

투자자들의 시장 심리를 측정하기 위해 사용됩니다. 지수는 0에서 100 사이의 값을 가지며, 0에 가까울수록 공포심이, 100에 가까울수록 탐욕심이 높은 것으로 해석합니다.

[1단계] 0~25pt: 극도의 공포 (extreme fear)

[2단계] 26~50pt: 공포 (fear)

[3단계] about 50pt: 중립 (neutral)

[4단계] 51~75pt: 탐욕 (greed)

[5단계] 76~100pt: 극도의 탐욕 (extreme greed)

세계 1위 인구 대국의 힘을 보여줘,
아이셰어즈 MSCI 인도 ETF

'인도' 하면 떠오르는 경제 사회 문화 역사적 이미지, 세계 1위 인구 대국, 그 복잡다기함에 매수를 결심하였다. 미국과의 무역 갈등에서 쩽한 한 방을 터뜨리지 못하고 장기 부진에 빠지는 듯한 중국을 대신할 아시아 국가로 인도가 떠오르고 있기도 했다.

> **아이셰어즈 MSCI 인도 ETF (INDA)**
> 블랙록에서 운용하는 인도 주식시장 전반에 투자하는 ETF입니다. 시가총액 기준으로 인도 주식시장의 약 85%를 커버하며, 인도를 대표하는 주식 100여 개에 분산투자한 효과를 기대할 수 있습니다. 인도 관련 ETF 중 가장 큰 자산 규모를 자랑합니다.

잃어버린 30년을 드디어 극복할까, TIGER 일본니케이 225

2023년, '역대급 엔저', '잃어버린 30년'이라는 수식어가 이제 그만 지겨울 때도 된 것 같아 매수하였다. 다자녀 가정 찬스로 구입했던 '닛산' 7인승 차량의 승차감이 아주 좋아 일본 경제의 기본기가 탄탄함을 느꼈다. 일본 애니메이션으로 대동단결하며 꼬물대는 우리 가족의 시간처럼, 일본 경제에도 단란한 시간이 올까?

초등학생도 알고 있다,
비트코인

2021년, 딸들 방을 정리했다.

6학년 둘째의 방에 철사에 줄줄이 꿰인 동전 모양의 파란색 플라스틱 칩 꾸러미가 놓여 있었다.

도통 쓸모가 추측되지 않는 모양새라 버리려고 하니 둘째가 달려와 말린다.

"그거 애들이랑 놀이할 때 쓰는 비트코인이야~. 버리지 마!"

초6이 비트코인으로 놀다니,

화폐로서의 가치가 있고 없고, 금이고 아니고 논란 따위 의미가 없다.

'존재하는구나! 어차피 내 월급도 숫자에 불과한데 뭐….'

그래서 비트코인을 매수하였다.

비트코인의 동생,
이더리움

비트코인을 사고 보니 동생인 이더리움도 데려와야 할 것 같았다. 마침 전성기에 비하면 아주 작아진 이더리움이라 생각해서 매수했는데, 더 작아졌다. 코인의 세계는 주식의 세계만큼이나 어렵다는 것을 파란색 숫자들을 보며 깨달았다.

이더리움 Ethereum
2014년 유대계 캐나다인 비탈리크 부테린이 개발한 가상 화폐로 이더(ETH)를 단위로 씁니다. 비트코인과 마찬가지로 블록체인(데이터 분산 저장 기술)을 활용한 화폐이며 비트코인에 이어 시가총액 2위, 비트코인에 비해 확장, 호환성이 뛰어납니다.

알트코인 Altcoin

비트코인을 제외한 모든 가상 화폐를 일컫는 용어로 이더리움, 리플, 라이트코인 등이 있습니다.

스테이블코인 Stablecoin

'스테이블(stable)'은 '안정적인'이라는 뜻이며 실제 자산(달러 등 법정화폐, 암호화폐, 알고리즘, 금이나 원자재 등 실물) 가치에 연동하여 고정 가치로 발행되는 암호화폐를 말합니다. 대표적으로 USDT, USDC가 있습니다.

화폐의 미래,
배우고 때로 익히면 또한 기쁘지 아니한가
리플(엑스알피 XRP)

2024년 11월 비트코인보다 더 무서운 상승률을 기록했다.

물론 나는 쫄보 개미이므로 보유했다가 매도한 지 한참 지났다.

이번에도 개미가 개미를 못 벗어난 타이밍.

이것 역시 리플에 대해 자세히 공부하지 않고, 한국인이 사랑하는 코인이라 얼떨결에 같이 샀던 나의 무지함의 극치였다.

세상은 넓고 새로운 것은 끝도 없이 많아, 배우고 익히는 데 어찌 평생을 쏟지 않을 수 있겠는가!

리플 Ripple(엑스알피 XRP)

다른 코인들이 탈중앙화에 중점을 두고 만들어졌다면 리플은 달러, 유로화 등 기존 화폐의 국제 송금을 빠르게 처리하기 위해 만들어졌습니다. 리플은 블록체인 기술을 이용해 기존 스위프트(SWIFT)망에서 평균 3~5일 걸리던 외화 송금을 하루아침에 가능하게 만들었으며 수수료 또한 훨씬 저렴하다고 합니다. 이 같은 강점 때문에 뱅크오브아메리카, 스탠다드차타드 등 100곳이 넘는 은행들이 은행 간 결제에 사용하기 시작했습니다. 한국에서는 신한은행과 우리은행이 리플과 협약을 맺고 일본과의 송금에 활용할 예정입니다.

세상의 모든 것이 궁금해서
팔랑귀 매매

    우리들은 모두 '남'의 것에 관심이 많다. 관심이 지나쳐 쉽게 휘둘리기도 한다. 선택의 문제이긴 하겠으나 귀를 닫고 남의 말을 듣지 않는 것보다는 팔랑귀가 되어 '남'의 말에 귀 기울이며 살고 싶다.

    오늘도 슈퍼 개미를 꿈꾸며 팔랑대는 우리들의 하루를 사랑하며 살고 싶다.

일상과 감성을 넘나드는 야수의 심장으로, 배당 개미와 불개미

에필로그

투자의 꽃별천지,
세상을 사랑한다는 것

2024년 11월 어느 토요일 오전, 롯데몰 김포공항점 VIP 라운지에서 카페라테를 마셨다. 마주 앉은 사람은 30분 전 처음 만난 70대 여성. 개장 전 입구 벤치에 나란히 앉았다가 시작된 스몰토크는 VIP 라운지에서 차 한잔 대접하고 싶다는 그녀의 요청으로 이어졌다. 그러고는 물 흐르듯 자연스럽게 그곳에 함께 앉아 있게 되었다. 헤어지면서 핸드폰 번호를 저장하며 다음에는 본점이나 잠실점 VVIP 라운지에서 만나자는 약속까지 하고 있었다.

서울에서의 일정을 모두 마친 다음 날 집으로 돌아와 검색해 보니 그녀의 말대로 VVIP 라운지는 연간 1억 5천만

원 이상을 소비해야 이용할 수 있는 프라이빗 공간이었다. 사실 나의 작고 소중한 월급과 할아버지부터 이어진 공무원 집안에서는 상상할 수 없는 영역이었다. 그녀와 함께했던 1시간 30분 남짓, 같은 백화점에서는 이제 더 이상 살 것도 없다는 그녀의 일상은 나의 서울 나들이처럼 꿈 같은 영역이었다.

하지만 함께한 시간 동안 그녀가 들려주었던 이야기들은 나를 오랫동안 생각에 잠기게 했다. 그녀는 자신의 이야기를 가만히 들어줄 누군가를 찾고 있었던 것 같다. 돈으로는 살 수 없는 것, 그녀의 젊은 날을 추억해 주고 그녀의 현재를 격려해 주는 누군가. 그날 그 벤치에서 별생각 없이 대답해 준 나의 한마디가 다정함으로 다가가 그녀의 마음 어디쯤을 따뜻하게 데워 낯선 이에게 이야기를 들려주고 싶게 만들었던 건 아닐까.

내게 주식이 바로 그런 것이다. 일상에서 마주치는 사람들의 이야기가 말을 걸어오는 순간이 주식의 세계에 고스란히 담겨 있다. 주식 앱을 열면 세상과 세상의 존재들에게 인사를 건네고 싶은 나의 다정함(혹은 오지랖), 나아가 우리들의 일상이 어떻게 바뀔까, 즐겁게 상상하는 시간이 펼쳐진다.

상상과 행복이 달콤해서, '돈'에 집중하는 객관적 매매 기법과 투자 원칙을 익히려 노력해 봐도 결국에는 무용지물이 되었다. 나는 '돈'에서 출발했지만, 어느새 주위의 세상에 빠져들어 즐겁고 사랑스럽게 주식 종목을 들여다본다. 그리고 현재가보다 낮은 금액으로 1주씩(혹은 소수점으로) 그물을 펼치듯, 한 땀 한 땀 매수한다. 물론 너무 싸게 먹으려다 못 사는 날이 더 많지만, 오르고 나면 많이 사둘걸 하고 후회하는 경우가 대부분이지만, 공들여 매수한 만큼 하나하나 소중하게 품게 된다.

그 소중한 마음가짐으로 찰리 멍거, 존 템플턴 경 두 투자 대가를 존경한다. (이 글을 쓰는 2024년 11월, 『가난한 찰리의 연감』 한국어판이 드디어 출간되었다. 내가 가장 좋아하는 투자 대가 찰리 멍거의 유일한 책이 주식 이야기를 쓰고 있는 내게로 오다니, 개미에게는 이마저도 운명의 계시같이 느껴진다!) 두 대가 모두 실전 투자 매매 기법보다는 투자

철학을 배움 직하다. 특히 찰리 멍거는 평생 인문, 사회, 자연과학 등 삼라만상에 걸쳐 다양한 지식 체계를 공부했다. 이런 지식을 통합해서 투자처를 살폈으며 매도에 대한 원칙은 거의 말하지 않았는데 그것이 곧 그의 투자 원칙이기도 했다.

이 글을 쓰다 보니 덜컥 겁이 나는 순간이 많았다. 주식 투자에 대해 아무것도 모르는 일반인이 이런 글을 쓰겠다고 감히 덤비다니! 하지만 평범한 일반인인 나와 두 투자 대가의 단 한 가지 공통점이 있다면 매수에 진심이라는 것이다. (두 대가와는 차원이 다른 수준이니 매도는 별개의 문제이다. 오죽하면 매도는 신의 영역이라는 우스갯소리가 있겠는가?) 내 주위의 평범한 개미들도 모두 이런 나와 같이 막막하고 답답할 거라는 생각에 용기를 내었다. 당신처럼 고군분투하는 사람이 여기도 있다고 말해 주는 한 사람이 되고 싶었다. 그 한 사람도 당신처럼 파랑과 빨강 사이에서 웃고 울고 있다고 말해 주고 싶었다.

다만 나는 매일 치열한 하루를 살아내는 직장인이기에 앞서, 아이들만의 우주를 보듬고 사랑하는 직업 덕분에 그 아이들이 나아갈 세상에 관심을 가지고 끊임없이 배울 수 있어 감사하고 행복한 개미이다.

감사하고 행복한 일상, 결국 투자는 내가 살아가는 세상과 그 속의 모든 존재를 아낌없이 사랑하는 일이었다. 당신의 일상에서도 그러한 사랑이 꽃피어나기를, 때로 흔들리고 포기하고 싶은 순간이 오더라도 오래 지켜낸 사랑이 당신만의 투자 성과로 열매 맺기를 응원한다.

이 책이 있기까지 나를 다독여준
모든 다정한 존재들에게 감사하며
꽃나라 별나라 천국 지구별 여행자,

꽃별천지 이영현 씀

끝날 때까지 끝난 게 아니다. 살짝 옆길로 새어, 무한한 상상의 세계에서 아주 보통 개미의 손에 잡히는 것, 누구나 알고 있는 상상을 추려보자면,

1. 우주
2. 에너지
3. 로봇 AI
4. 건강, 수명 연장
5. 양자 컴퓨터
6. 화폐 변혁

이 여섯 영역이 나의 행복한 삼라만상 투자 일지에 무한 영감을 불러일으키는 요즘이다.

"이것으로, 더 보탤 말은 없다."
⅃『가난한 찰리의 연감』 中

끝!